Kotter Editorial
2020

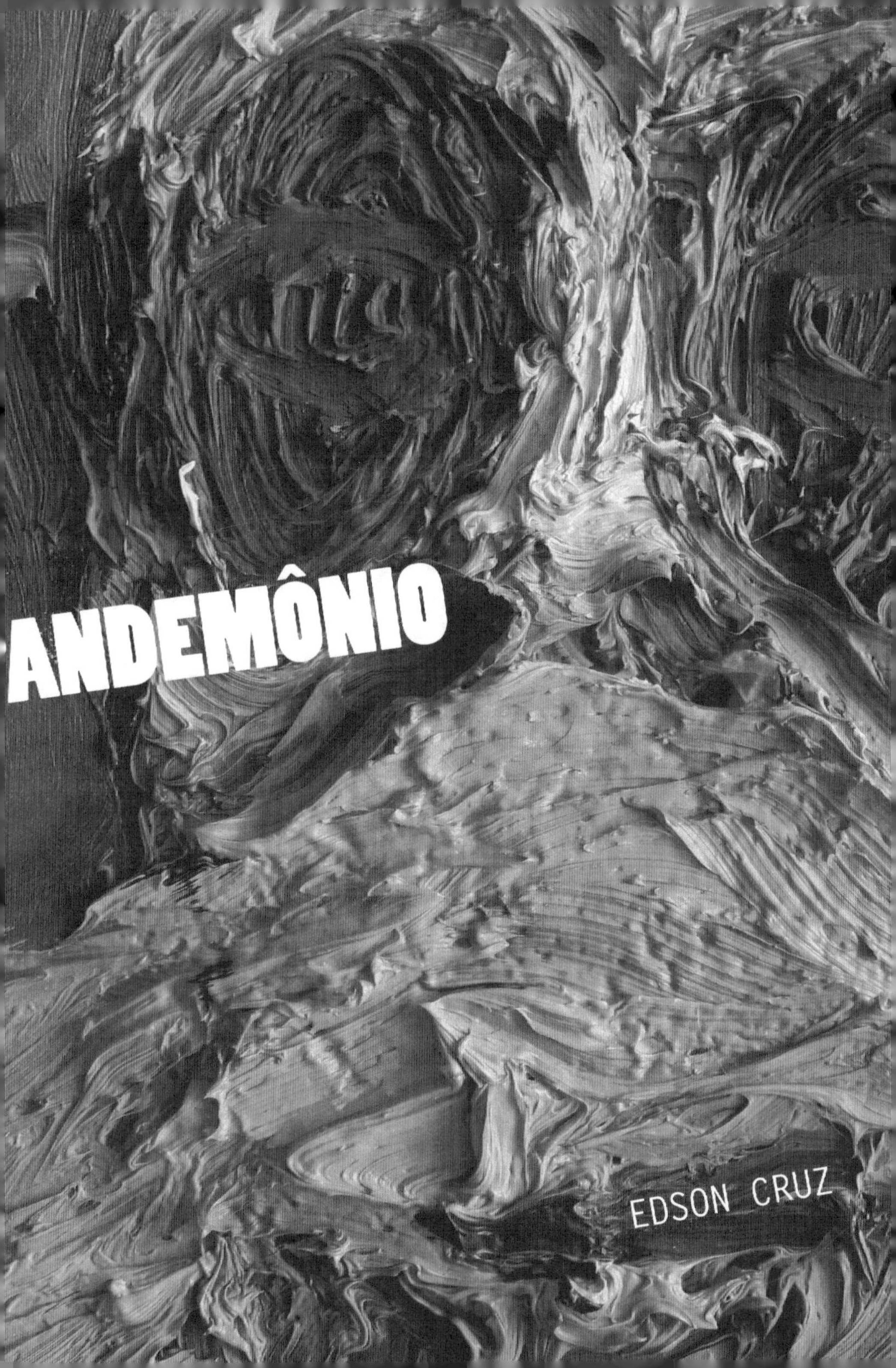
ANDEMÔNIO
EDSON CRUZ

coordenação editorial
Sálvio Nienkötter

editor executivo
Daniel Osiecki | Raul K. Souza

editora-adjunta
Isadora M. Castro Custódio

fotografia
Ninil Gonçalves (@ninilgoncalves)
Sem título (2020) p. X

projeto gráfico
Paula Villa Nova

capa
André Albuquerque(@kandros8)

editora-assistente
Francieli Cunico

produção
Cristiane Nienkötter

revisor
Cesar Felipe Pereira

Dados Internacionais de Catalogação na Publicação (CIP)
Angélica Llacqua CRB-8/7057

Cruz, Edson
Pandemônio | Edson Cruz
Curitiba: Kotter Editorial, 2020.
116 p.

ISBN 978-65-86526-54-7

1. Poesia brasileira 1. Título "Pandemônio"

CDD B869.1
20-3565

Kotter Editorial
Rua das Cerejeiras, 194
82700-510 | Curitiba/PR
+55 41 3585-5161
www.kotter.com.br | contato@kotter.com.br

1ª edição
2020

PATRIMÔNIO PANDEMÔNIO

Felipe Fortuna

Pandemônio é uma das primeiras manifestações literárias que li provocadas pela ou no contexto da pandemia que vem transformando 2020 em um daqueles cronônimos capazes de impactar: a Grande Guerra, o Século de Ouro, o *Risorgimento* – e, no caso em apreço, o Ano do Vírus, na esperança de que não se estenda a um biênio, a um lustro, a uma década. O poeta Edson Cruz tem muita consciência desse tempo presente que o marcou: ele e sua família enfrentaram o COVID-19, conheceram os percalços da contaminação, sobreviveram. Existe em *Pandemônio*, portanto, uma tensão forte sobre o momento, o instante, a conjuntura de um corpo e de um lugar alterados e ameaçados pela intrusão. O poeta descobre, como se houvessem acendido um holofote à sua frente:

> *não há lugar seguro para a vida*
> *no mundo* (“Refúgio”)

É isso: o mundo, que deveria abrigar a vida, que antes servira para nutri-la e expandi-la, é agora uma zona de perigo, uma área de exclusão. E, na sua percepção abissal, como que atraído pelo inevitável, o seu foco se desloca do mundo para o país. Pois o país que lhe dava uma identidade se converteu, em decorrência da pandemia, em lugar ainda mais ameaçador, com a desvantagem de não lhe esconder seus códigos e seus símbolos facilmente traduzíveis. A aniquilação, marcada pela presença avassaladora da morte, será total:

o que será de meu esqueleto
sem mim
no cemitério de sonhos
que se transformou
este país
sambaqui?

Ocorre que o poeta – mais ainda, por ser poeta – não fica alheio às cintilações de uma recuperação: no plano pessoal, espera-se a cura; no entanto, é no plano bem mais vasto da esperança que ele vislumbra uma via de escape. Em *Pandemônio*, logo se percebe a pulsão do contingente sendo paulatinamente trocada pela transcendência. E tudo começa por um autoexame como que casual:

volto-me sobre mim mesmo
como quem não quer nada ("Oroboro")

A partir daí, tudo volta a se expandir: o poeta já consegue aceitar os riscos altíssimos de estar no mundo, e passa mesmo a lembrar que, na sua origem, esse lugar em que se encontra já havia surgido com violência:

o quebrar das ondas à noite
ainda nos revela o estrondo original
do Big Bang

A citação de Ailton Krenak, que abre o livro (os xamãs estão avisando: / o céu vai cair sobre nossa cabeça), mostra, contudo, que nem tudo está amparado na ciência. Existe, em *Pandemônio*, um veio místico ou cósmico ou sagrado que, a seu modo, contrabalança a expectativa da morte ou do sofrimento que o vírus traz. Esse veio equilibra o pandemônio que se instaurou na vida de todos – e tem o poder curativo da poesia, que, como se lê em "Homilia", pode dar-nos hoje

a utopia
contraveneno à afasia.

Existe, de fato, uma aproximação entre a experiência mística e a poética nesses poemas, o que deverá ser de interesse aos futuros críticos de Edson Cruz.

Em nota mais pessoal, quero salientar que *Pandemônio* deixou de ser título original de livro desde que confessei tê-lo abandonado há algumas décadas (conforme contei em depoimento no livro *Artes e Ofícios da Poesia*, em 1991) e desde que o poeta Geraldo Carneiro lançou livro de poemas com o mesmo título em 1993. Demonstração de que cada um tem o seu pandemônio – mas só os poetas sabem o quanto existe de patrimônio comum.

Felipe Fortuna nasceu no Rio de Janeiro, em 1963. É poeta e ensaísta. Estreou em 1986 com o livro de poemas *Ou vice-versa.* Desde então, publicou outros livros – mais recentemente, *Esta poesia e mais outra*, em 2010, de crítica literária; *A mesma coisa*, em 2012, *O mundo à solta*, em 2014; *Taturana*, em 2015; *O Rugido do Sol*, em 2018, todos de poesia. E a tradução do longo poema inglês "Briggflatts", em 2016. Diplomata de carreira, já serviu em dois períodos diferentes em Londres, e ainda em Caracas e Moscou. Foi professor de Linguagem Diplomática do Instituto Rio Branco (2009-2018) e é atualmente embaixador.

os xamãs estão avisando:
o céu vai cair sobre nossa cabeça.

Ailton Krenak

André Albuquerque

ZEITGEIST

pensamentos já não pegam
carona nas nuvens
do céu.
os dias acompanham
a degeneração das coisas
sem espanto.
não há mais visão
de anjos nem profetas.
não há mais poesia.
a aura do planeta
não é mais azul.
a escuridão se apossa de tudo
                                        len
                                            ta
                                                men
                                                    te.

CÉU DE VAN GOGH

as estrelas cintilam
alheias
à miséria dos seres.

OROBORO

apesar de já conhecer
o fim da jornada
volto-me sobre mim mesmo
como quem não quer nada
e perfaço distraído
todos os momentos
da viagem.

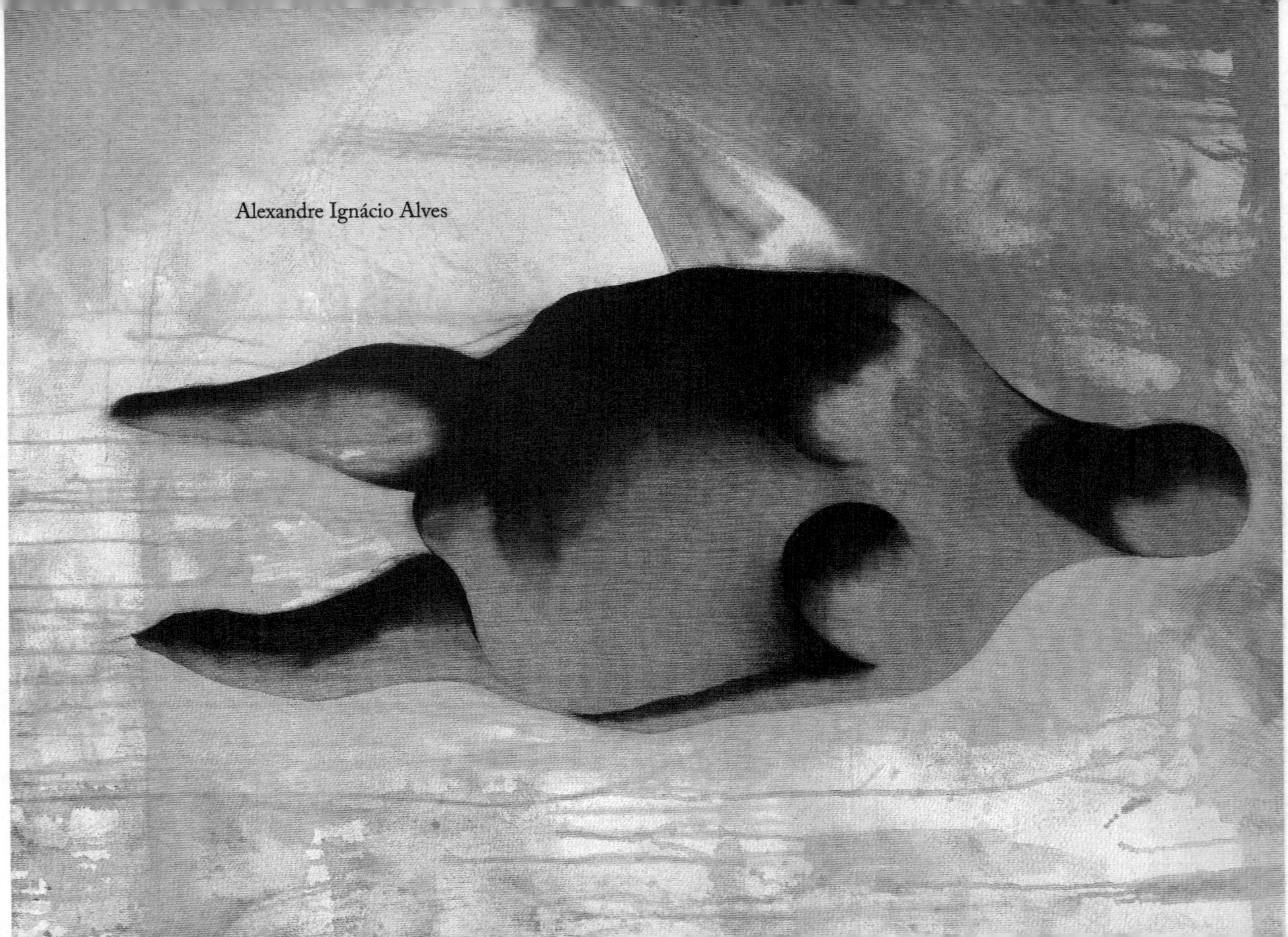
Alexandre Ignácio Alves

PANDEMÔNIO

as garras da noite infiltraram-se
sorrateiras
na hesitante luminosidade
dos dias.

a lição que nos ensina
com seu manto de névoas
não será fácil assimilar.

em tempos de trevas
mitologias e religiões confundem-nos
ainda mais.

os sonhos foram expulsos
e *le cheval noire de la nuit* encarcera
todas as imagens luminosas.

o que engendramos em vigília
já não inspira qualquer transcendência.

pode ser que não sejamos mais humanos
e alguma mutação ôntica já tenha
se instaurado.

talvez não seja mais possível zombar
da multidão de deuses
nem esquecê-los.

quiçá tenhamos de lhes fazer libações
para domesticar a legião de demônios
que despencou dos palácios de Satã.

o que se instaurou sobre nós
é o informe Caos à espera
de algum demiurgo.

uma símile corrompida do *Paraíso Perdido*
com versos que eliminaram
qualquer possibilidade
de redenção.

HASARD

não há acaso no pós,
apenas o caos e seu abraço
a gerar inúmeros dados.
nenhum lance de sorte
é esperado.
não há chance. no way.
apenas o fado
e seu bailar desastrado.
o deslizar dos dados
no tabuleiro da vez.
o xeque-mate do enfado
e o desespero do rei.

O QUARTO LIVRO DO PENTATEUCO

para os que ainda dão importância ao Livro

O recenseamento

a terra prometida
precisa ser conquistada
a cada dia.
os números são mais
do que a representação gráfica
de uma quantidade.
a rota que traçamos no deserto
são marcas que esvanecem
ao nascer do sol.

Oferendas

o total dos seres oferecidos em holocausto
é inumerável.
e só faz crescer.

A partida

nem tudo foi celebrado
o tempo se mostrou indeterminado.
no dia da partida, uma nuvem
encobriu a todos e a tudo.
durante toda a noite
notava-se o seu aspecto de fogo.
trombetas soaram
como agulhas no ouvido.
o momento do desastre chegara.

Novos arranjos

a cada segundo
são vendidas sete unidades
de leite Moça no mundo.

a cada vinte e três minutos
um jovem negro é morto
no Brasil.

a cada vinte e quatro horas
seis por cento da população consome
sessenta por cento dos recursos do mundo.

a todo instante
milhares de princípios são solenemente
ignorados.

agora mesmo
enquanto você se espanta com os números
uma criança acaba de tombar de fome.

BLUES

o grave que jaz em nós
é o oco profundo do mundo.
uma frequência que desautoriza
qualquer possibilidade de felicidade.
mas somos pretos, meu nego
e algo em nós resiste e grita.
nosso *soul* baila em *moonwalk*
no submundo do Hades.
aqui, nos Estados Unidos, em África
as mesmas marcas foram gravadas
em nossa pele.
o Brasil nos deu tudo de solapa.
uma ginga que encanta
e um povo que pensa ser bamba.
no ver da gente o samba
ainda é pedra-mor.
nossas pegadas deixaram rastros
nas pedras, nas areias, nos mares
e buscamos diariamente
decifrá-las.

Leopoldo Ponce

CRIPTOGRAFIAS

não há nada
que se faça letra muda.
alfabeto
que não possa ser desnudo.
caractere
que em cifra se transmude.
inscrição
seja no Sutra ou no Talmude.
marcas-d´água
que se mostrem indeléveis.
garatujas
desenhadas sobre peles.
rasuras
em um livro tuaregue.
união
em uma língua extraterrestre.

CACTOS

chove no coração chamuscado
da floresta.
no âmago despedaçado
da metrópole, nada mais resta.
só cactos atravessados
em nossa goela
a aspereza intratável
de seus gestos.

PEQUENA ONTOLOGIA

em tudo que refulge
pode-se em suma
constatar.

terra e água é tudo
quanto a vem a ser
e nasce.

no entanto, algo arde
e nos inflama
desde o enlace.

como nomear
a chama infensa
que nos ascende
e nunca arrefece?

Alexandre Ignácio Alves

KAFTAS

os caras vão morrer
nas ruas
igual baratas.
as caras, sentadas
no sofá da sala.
é só mirar sem dó
na cabecinha.
eliminar as mamadeiras
de piroca.

(deixar entre parênteses
os generais)

colocar um pastor
em todas as paróquias.
destruir de vez
o marxismo cultural.
convidar a Porcina
pra dar um tapa na biboca.
instituir a goiaba
como fruta nacional.

ULISSES MODERNO

pior do que ouvir
o canto das sereias
é não ouvi-lo.
ter as orelhas tapadas
com a cera da apatia.
sorrir ao próprio umbigo
enquanto o barco
à deriva, ruma direto
ao abismo.

FUTEBOL EM BAGDÁ

o jovem Salfullah Al-Ansari
se explode
antes do apito final.

em um átimo, já não há
mais nada:
jogos
  sonhos
      beijos
amigos risonhos.

só a dor, o vazio
    surdo
do estampido.
os pedaços, os corpos
carcomidos.

o clarão, a luz
de existências detonadas.
a expansão do universo
                                        em disparada.

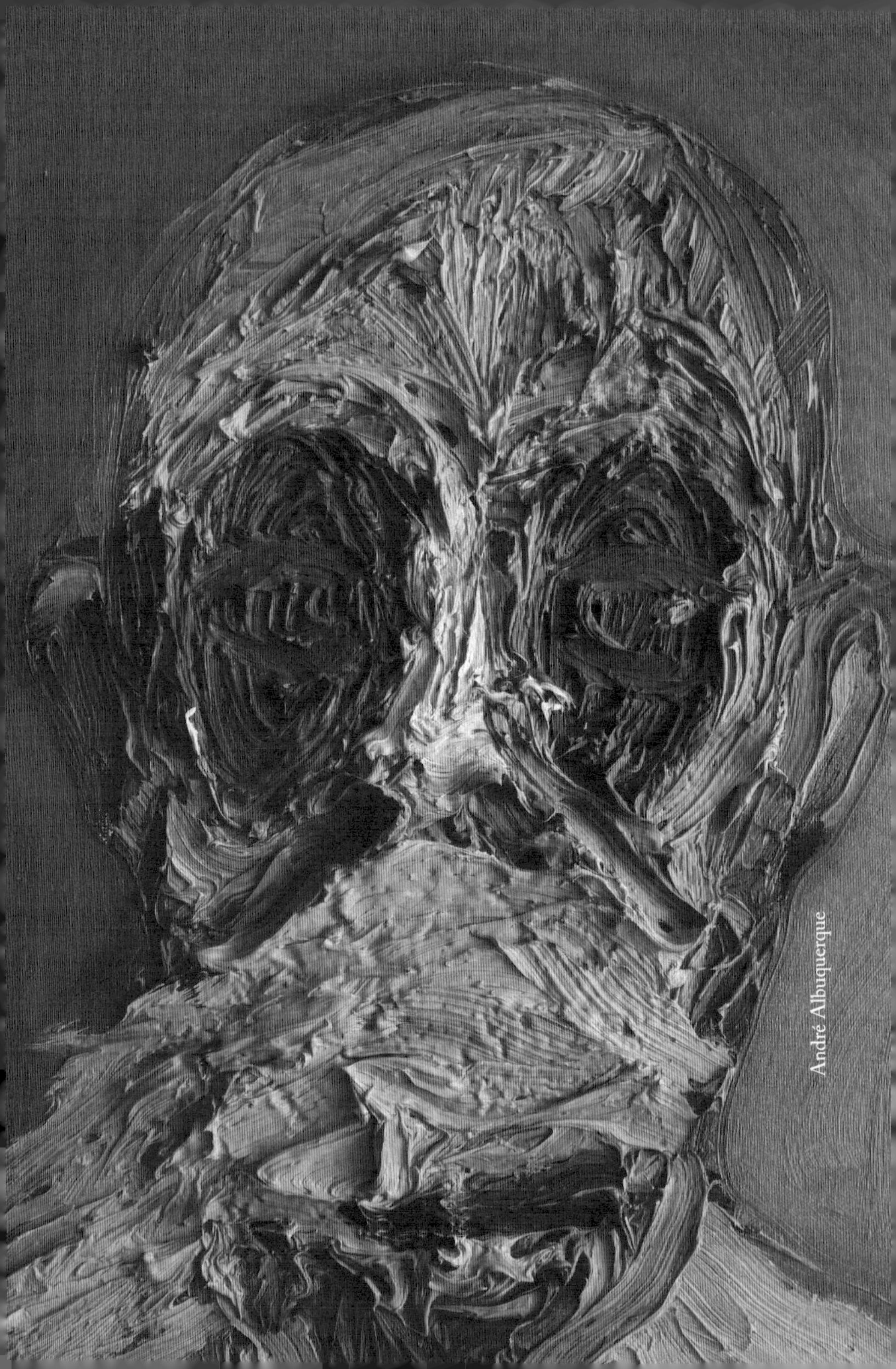
André Albuquerque

NIKÉ

entre o zênite e o nadir
posto-me aqui sem nada
apenas com um tênis Nike
vaidoso como um faquir.

CREDO

entoar uma canção
para os que passam cabisbaixos
na rua
e reviver o olhar
que guarda as cores tenras
da esperança.
nem tudo foi maculado.
ainda há tempo
para semear os campos
do impossível.
mas há que ser célere
apressar o passo alado
dos sonhos que engravidam
o tempo.
o coração terá que pulsar, pleno
de infância
no lado esquerdo
do peito.

NECROPOLÍTICA

libélulas de fogo a tingir
o céu.
helicópteros patrulham
com seu metralhar
de hélices.
o sol se põe em Terra Brasilis.
a noite encobre o extermínio
renitente de um povo.
a nova peste negra
se espalha rapidamente.
o ofício cotidiano
da morte se oficia.

Leopoldo Ponce

ARCANOS

escavar a memória cósmica
dos homens
e fazer a arqueologia
de uma possível eternidade.

recuperar aquela mística cintilação
que se apagou
e desbaratar a teia que enreda
todos os segredos.

despertar a alma que viaja
cega e inconsciente
e torná-la plena anfitriã
deste momento.

SAGRADO

labareda e sua língua
de ímpetos.
claridade que nos toca
compassiva.
aquele ardor de tempos
remotos.
o rumor de épocas
futuras.
a luminescência de seres
irmanados.
o amor, o amor, o amor.

CANTO PARA SUSPENDER O CÉU

na velha aldeia arekuná
bolos de mandioca
secam ao sol que se acende
entre sementes e cantos
no roçar.
quando a tarde vermelheja,
a papa-ceia tem anseios
de imperar.
com vestes de Taína-cã
se apressa a impressionar
os jovens guerreiros da aldeia.

nos povoados que orbitam
a mata em seu faiscar
xamãs aprendizes sonham
com estrelas-musas
em dúbia cintilação de cantos
enquanto a noite decanta
o mais límpido orvalhar.

ao amanhecer, o sol retoma
seu papel regulador.
Taína-cã se transforma
em Kaaru Mbija
e seu rosto multiplica-se
nas miríades de gotículas
borrifadas nas folhagens
da floresta.

no coração da mata
ergue-se um canto pela suspensão
de mais um dia.

POBRE

aquele de quem tiraram
tudo o que tinha
e o fizeram querer tudo
aquilo que não pode ter.

aquele que fizeram crer
ser quase podre
e desejar aquilo tudo
que não pôde ser.

André Albuquerque

MEDITO

uma gota de orvalho desvanece
ao raiar do sol.
um pingo de chuva se funde
ao oceano cósmico da existência.
um grão de areia irmana-se
às margens do Rio Ganges.
um coiote uiva solitário
no deserto árido do Arizona.
um acorde de Bach reverbera
nos tubos de uma catedral gótica.
um mantra fulgura entre os oitenta
e quatro mil ensinos do Buda.
a vibração de uma Lei maravilhosa
envolve a tudo.
enfim eu sou o todo
e o todo sou eu.
três mil mundos se configuram
neste ínfimo instante da vida.
refaço assim o cosmos que há dentro
e lá fora de mim.

REFÚGIO

palavra técnica
que a ONU tenta definir
e o coração humano,
abrigar.

para os intelectuais a religião
é o refúgio dos desiludidos.
eles se refugiam em argumentos
irrefutáveis.

na matemática do refúgio,
não há lugar para os animais.
os animais não entram nas estatísticas
do desterro.

a matemática grita em nosso olvido:
mais da metade dos que buscam refúgio
são crianças.

não há lugar seguro para a vida
no mundo.

todas as ações parecem ineficazes.
resta-nos o refúgio dos sonhos
e a ousadia de revolucioná-los.

ÂNIMA

dentro de mim há um sol
que arde sem ter fim.

um farol a iluminar
o que há fora de mim.

um escol a transformar
o que toca em marfim.

NÁUFRAGOS

ó musa fugidia e divina
artesã da narrativa cósmica dos seres
conta-nos o que já não podemos vislumbrar
ou venha recriá-la com adendos.
por mais que estejas cansada
de artimanhas
e dos fazeres tempestuosos de Cronos
por mais que teu coração esteja constrangido
pelo padecimento dos seres
peço-te que não nos abandone
não nos deixe ser abraçados pela ira
de Poseidon
que irritado com a loucura dos povos
e governos
despeja-nos no mar revolto
da desesperança.
o que podes dizer que ainda não foi dito?
quais imprecações ou bálsamo
teu canto pode inspirar?
quem sabe poderia nos lembrar
que somos frutos de um amar, nutridos

no sal corrosivo do ultramar,
estrangeiros
em nosso próprio lar.

TESSITURA

o presente é ambidestro
e nem sempre nos apetece
mas é nele que a vida tece
se faz presto e acontece.

André Albuquerque

QUARENTENA EM DUAS ESTROFES*

A voz do Serafim fala conosco nestes dias.
Pesa sobre tudo como um lenço retumbante.
Planícies se abrem nas têmporas.
O tempo não existe, só a experiência
E a imanência constante do fim de algo que não se
[identifica
Que era até então chamado realidade.

De nada nos adiantou a visão privilegiada do possível.
A percepção pesarosa do que é real nos consome
Como se fôssemos meras ondas e/ou partículas
Devoradas pelos buracos negros espalhados
Por uma pele cósmica, eterna e insone.

*Diálogo poético com o artista **Leopoldo Ponce** (1976, Quito, Equador). A primeira estrofe é dele.

PALAVRA SAGRADA

semente do porvir
ave a saudar o nascente:
avenir.

ANOITECER NA FLORESTA

para o menino Thiago de Mello

é a hora do sono dos jacarés.

pálpebras pesadas se fecham
em sibilino ressonar
no mormaço.

o remanso do poeta se aproxima.

no desaguar majestoso dos rios,
um borbulhar ressoa no espesso
cansaço e seu abraço.

o tempo se espraia
em atávicos igarapés.

um gavião silva e sobressalta
o manso descanso do vate.

o silêncio envolve tudo
em seu arremate de asas.

o menino Thiago desliza
em sua canoa de sonhos
pelas águas negras do rio.

estrelas refletem nas águas
e pirilampos tremeluzem
em seus cabelos.

SUPEREGO

diálogo com Ulisses Tavares

sei tudo sobre esse herói.
desde criança
que me persegue.

Eliane Tavelli

PORTAL DO DRAGÃO

[a propósito de uma parábola budista]

quando o torpor do sono vem
e o ser apaziguado fica

algo enfim desperta e bem
com o sonido d'água precipita

tal sonho dentro de um sonho
a imagem de um peixe nos habita

salta pra fora num dançar bisonho
buscando o topo da queda entrevista

(nunca é fácil a uma carpa
transformar-se em um varão)

assim como os ciprinos buscam
o portal do dragão

assim como os poetas anseiam
enxergar na escuridão

assim como o plebeu almeja
algum dia ser barão

todos o seres ensejam
atingir a iluminação

parece fácil feito tocar harpa
tatuar o sim na água do não

uma rima pobre como bordão
vem repetir o mesmo refrão

não desanimem, insistam
superem o limite do ego falastrão

pois ninguém escapa da morte
nem mesmo o grande dragão.

NA ESTRADA

araucárias choram.
pinhas espalhadas
pelo gramado molhado.

AMÉRICA

Enquanto isso a brasa do Brazil beija o brejal,
e seus estandartes se erguem aos céus em labaredas
a derreter estrelas, a enterrar anseios e projetos no areal.

Melhor seria morrer em guerras menos híbridas,
e não se entregar assim de mão beijada
nem ver Iracema com seu sexo e senso devassados.

NOSTALGIA

para Ricardo Rizek

de tudo restará o gosto
da amora.
os trevos azedinhos que recolhemos
no caminho da escola.
os piqueniques e os lambe-lambes
no Jardim da Luz.
os patinhos na lagoa.
nós dois, pombinhos
na gamboa.
aquela matemática inspirada,
a música das estrelas,
o desejo e suas faíscas
cadentes.
a soma dos catetos
do quadrado da Bruna Lombardi.
o pulsar de luzes na memória.
pontos luminosos
a nos lembrar
que a vida foi boa

que a vida tem sido boa
mas que deve haver mais
sim, tem que haver mais.

TAO

o mestre taoista
ao se apaixonar caligrafou:
"Agora sim eu vi o dragão".

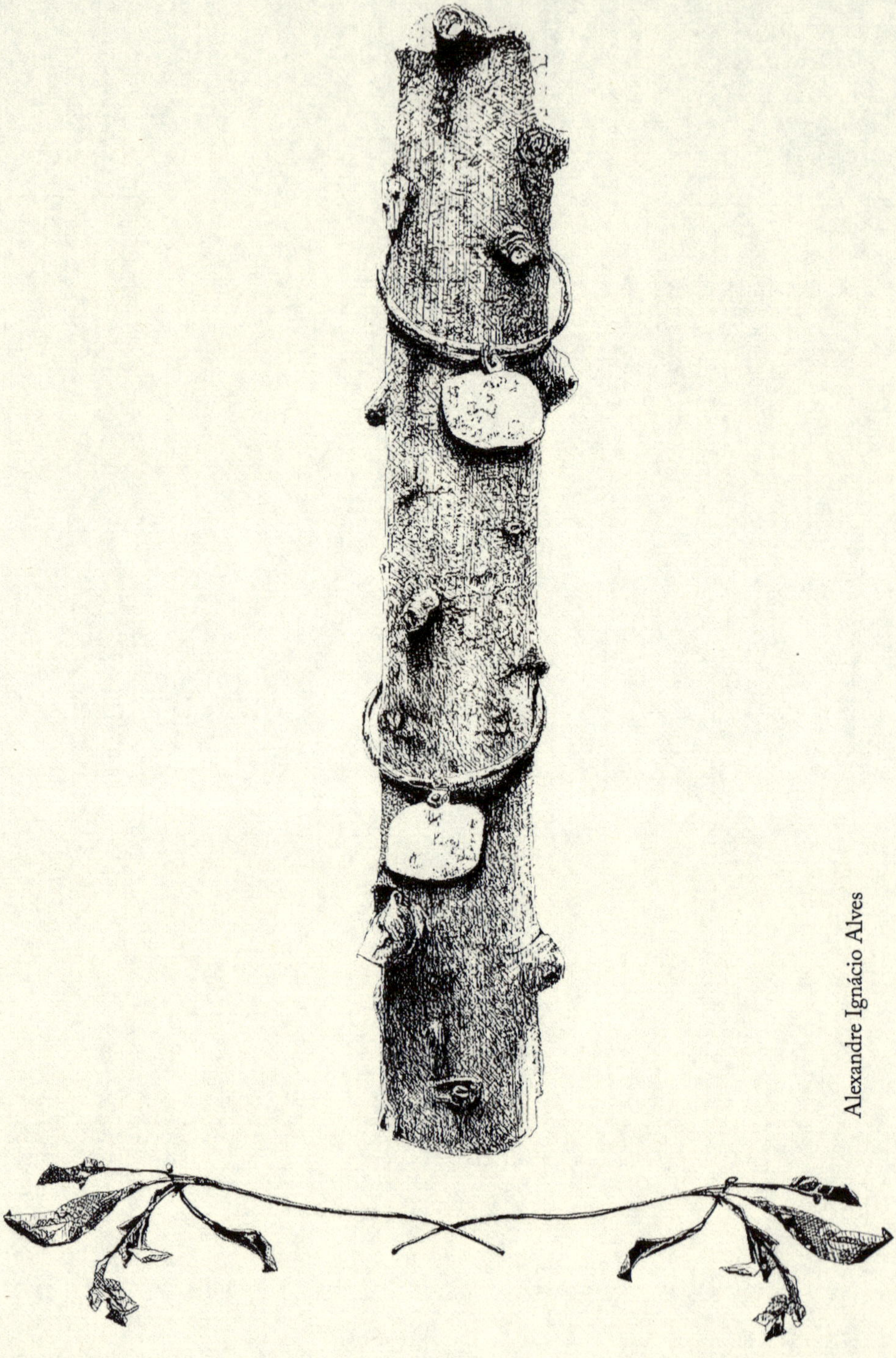

Alexandre Ignácio Alves

DHARANI*

palavras são instiladas com a energia
da vida.
jvale mahajvale
uma Lei maravilhosa permeia o cosmos
e rege tudo o que pulsa.
uke muke ate atavati
som e sentidos se apossam da conversação
do mundo em eterna hesitação.
nrite nritavati
a vontade de potência se manifesta
na palavra emancipada.
itini vitini chitini
um bom poema é uma catedral de *dharanis*.
nritini nrityavati
um *waka* ideograma todo o Japão.
novas palavras criam novas realidades.
a palavralada como flecha lançada
não retorna mais.
myoho renge kyo
o cerne do ser é atingido
no alvo.

dharani, do sânscrito, frase ou fórmula mística que tem o poder de proteger e beneficiar quem a recita. “Dharani” é interpretado nas escrituras budistas chinesas como “sustentar”, “manter” ou “reter”. Nome do capítulo 26 do Sutra do Lótus onde Shakyamuni versa sobre essas maravilhas.

CONSIDERAR

olhar com maravilha
fenômenos que cintilam
passageiros.
pastores a fitar paralisados
a luz noturna dos astros.
crianças a mirar silenciosas
o reflexo celeste
de seus olhos.
fios luminosos a riscar
o veludo negro
do cosmos.

SAKURA

cerejeiras em flor:
o sorriso dos que passam
mudam de cor.

Ninil Gonçalves

CENTELHAS

para Amaral Vieira e Yara Ferraz

céu e Terra são pousadas
onde os seres
fazem breve parada.

o tempo são redes,
hóspedes sem morada
espalhadas pelo sempre.

um Steinway ecoa no espaço
notas sagradas
o franciscano Franz Liszt.

HOMILIA

oh, poesia que irradia
ópio nosso de cada dia.
dai-nos hoje a utopia
contraveneno à afasia.
devolva-nos por garantia
a tão usurpada alegria.

VIA LÁCTEA

para Neusinha e Serginho

Nas palavras e imagens
da memória, mora
um cosmos.
Um campo de amoras.
O outrora e seu pomar
de estrelas.
O agora e seu aroma
de auroras futuras.
No coração dessa sopa
leitosa, a amizade
que é eterna e sempre
se renova.

Leopoldo Ponce

GRAÇAS

o corpo é o lugar onde se consuma
múltiplas violências.
o feminino sempre foi alvo
preferencial.
templo que já foi sagrado
e diariamente ultrajado.
em torno dele, homens dançaram
e impérios foram destruídos.
o tempo crispou seus pelos
e pássaros voaram sussurrando
o nome de Helena.
os deuses nunca suportaram
tanta graça e, invejosos,
derramaram sobre o mundo
todas as desgraças
urdindo mãos de muitos homens
para consumá-las.

SANTOS

navios continuam a entrar e a sair de seu porto.
na cidade, alguns prédios se portam como bêbados
a pisar em areia movediça.
os fantasmas do centro exalam um aroma denso de
[café.
a música de Gilberto Mendes ecoa
no megafone do tempo.
a livraria Realejo continua lotada aos sábados
e a poesia de Marcelo Ariel eternizou
a memória fumegante de Vila Socó.
o técnico do time da cidade fala hoje
um português castiço
e o mar continua a envolver a tudo por igual.
o quebrar das ondas à noite
ainda nos revela o estrondo original
do Big Bang.
quantos já prestaram atenção ao rumor
que reverbera a caixa acústica da alma?
aquela longínqua esperança que sobrevém
de um horizonte em total escuridão.

o desaguar da pororoca branca na areia.
o grito de gol
em uma nostálgica e iluminada Vila Belmiro.

CARDÍACO

valorar é uma instância
de tangência cardíaca.
o coração contamina a tudo.
valores humanos são sempre
valores do coração.
uma ética está sempre abraçada
por uma estética.
a estética é uma instância
do fazer, da *poiésis*.
o que dá dimensão ao fazer
é o olho da alma,
um outro nome para o coração.

FALA XAMÃ

poesia é moldar no céu
da linguagem
universos paralelos.

realizar um milagre qualquer
transverberado
em palavras-valise.

revelar-se subitamente
e desaparecer
aos olhos de todos.

poesia é uma revoada
de arribaçãs.

André Albuquerque

CORAÇÃO

aqui
neste lugar onde
o ar rarefeito arde
refaço meu inventário
de sombras.

aqui
neste lugar como
uma hecatombe em meu peito age
desenho garatujas
em matizes.

aqui
neste lugar quando
o quintal de minha casa jaz
encontra-se a matriz
do universo.

aqui
no coração deste lugar
com olhos úmidos a me encarar

aquele menino
que um dia já fui.

ANTES DO FIM
(ou razões para continuarem vivos)

para meus filhos Tom Mitsuo e Sophia Miki

chegar ao outro lado da piscina Olímpica
e dar uma olhadinha para o céu azulado.

esperar a próxima florada das cerejeiras
passeando pelos parques do Japão.

cantar a música que ela tanto adora
e fechar os olhos na hora do beijo.

caminhar pela mata amazônica
e fotografar um *Euhybus ikedai.*

tirar uma self na Torre Eiffel
e depois mergulhar de cabeça no Rio Sena.

tocar *Praia de Morigasaki* ao violino
e desaparecer enquanto todos estiverem chorando.

chegar à beira do Grand Canyon
e gritar a plenos pulmões: *Sensei, eu venci!*

CARMA

o destino guia os passos
dos que assim o desejam.

honra aos que em missão
lhe transformam o enredo.

arrasta aos que por medo
se contentam com o degredo.

faz bailar a todos
mesmo a música sendo apenas
um arremedo.

o que será de meu esqueleto
sem mim
no imenso cemitério
de sonhos
que se transformou
este país
sambaqui?

Agradecimentos

Os poemas deste livro foram gestados quase que integralmente durante a quarentena gerada pela pandemia do Covid-19 em 2020. No meio do processo, eu e minha família fomos contaminados e alguns dias e sintomas foram assustadores. Percebi que estava sem olfato e sem paladar, incapaz de ficar na frente do computador ou de telas, mas ainda com ímpeto de escrever. Todos os dias colocava um poema-bote-salva-vidas em meu blogue. Sobrevivemos à pandemia e, quiçá, estamos mais fortes e confiantes de que o pandemônio político, material e de valores que se instaurou no Brasil e no mundo passará e não deixará saudades. Mas dói ver a quantidade de vidas perdidas, empregos dizimados e sonhos enterrados.

Mas nem tudo está perdido. No olho do furacão, muitas relações se fortaleceram e muitas amizades se agigantaram. O ser humano também mostra o seu melhor em momentos de crise aguda.

Agradeço profundamente à amizade, companheirismo e incentivos de inúmeras e surpreendentes pessoas: **Carlos Mitsugui** (querido bodisatva-médico); os companheiros da **Soka Gakkai** (em particular aos amigos e amigas da EBS e da RM Pinheiros, **Geni Suzuki**, **Egner Eduardo da Silva**); aos bravos artistas sobreviventes do **Depart da BSGI**, em especial ao quase xamã, **Danilo Ross**; aos artistas e colaboradores generosos (**André Albuquerque**, **Alexandre Ignácio Alves** e **Leopoldo Ponce**,); aos vizinhos queridos (**Cristiane Novaes**, **Érico Martins**, **Ofélia Lott**, **Carol Novelleto**, **Sandra Marcolino** e **Nilza Pasetchny**); aos parceiros da Confraria da Palavra (**Pedro Marcos**, **Carlos Andrade**, **Patrícia Lima**, **Leila Guedes**, **Leila R.**, **Cristina Godoy**, **Beth Cavalcanti** e **Luci Goshima**), os primeiros a lerem afetivamente os poemas deste livro; aos companheiros de jornada poética, **Marcelo Ariel** e **Felipe Fortuna** (com seus textos generosos); aos incansáveis **editores da Kotter** (que mesmo nessa crise sem tamanho não desligaram o engenho e continuaram a produção de sua cachaça fina chamada literatura); e, por último, mas não menos importante, os incentivos constantes de meu mestre **Daisaku Ikeda**, minha esposa querida **Eliane Tavelli**, meus filhos **Sophia Miki** e **Tom Mitsuo** e os gatos **Tangerina Bergamota** e **Amora Demora** (sem eles, e todos os citados, meu pandemônio teria sido insuportável).

EDSON CRUZ (Ilhéus, BA) é escritor, cofundador e editor do site de literatura **Cronópios** e do site **Musa Rara** (www.musarara.com.br). Estudou música, psicologia e letras. Lançou os livros de poemas: ***Sortilégio***, em 2007, pelo selo Demônio Negro; ***Sambaqui***, em 2011, pela Crisálida Editora (contemplado com Bolsa de Criação da Petrobras Cultural); ***Ilhéu***, em 2013, Editora Patuá (semifinalista do Prêmio Portugal Telecom de 2014); ***O canto verde das maritacas***, em 2016, Editora Patuá. Lançou o livro de prosa: ***Mahâbhârata***, pela Paulinas Editora em 2011. Como organizador lançou: ***Musa fugidia – a poesia para os poetas***, pela Editora Moinhos, 2018. E o livro infantojuvenil ***Trabucada***, pela editora Terracota em 2019. Blogue: https://sambaquis.blogspot.com/ E-mail: sonartes@gmail.com

CRÉDITOS

Alexandre Ignácio Alves
(@alexandre_ignacio_alves)

Vênus (1995) p. 16
Natureza Metafísica (2017) p. 32
Fetiche (2019) p. 80

André Albuquerque
(@kandros8)

Figura (2019) p. 1, 3, 38,
Figura (2016) p. 10
Dionisíaca (2017) p. 52
Retrato (2018) p. 100
Homem Mata (2018) p. 62

Eliane Tavelli
(@elianetavelli)

Pandemia Sistêmica (2020) p. 70

Leopoldo Ponce
(@leopoldoponce)

Rodas (2014) p. 26
Nau (2013) p. 44
Mutate (2013, fragmento) p. 92

Impresso em papel polen soft,
tipologia Garamond 12/14, na primavera de 2020.